AF451805

EPITRE

SUR

LES SPECTACLES,

OU

MON RETOUR A PARIS.

A GENEVE,

M. DCC. LXI.

EPITRE
SUR LES SPECTACLES
DE PARIS.

Délicieux séjour, Olympe des Mortels,
Où l'Amour a son Temple, & Vénus ses Autels,
Paris, je vous revois ; déja mon œil découvre
La Forêt de Cythère & perce jusqu'au Louvre :
Tout fixe mes regards ; d'un côté j'apperçois
La Retraite de Mars & le Tombeau des Rois.
C'est dans ce monument que les Dieux de la Terre
Viennent en pâlissant déposer leur tonnerre ;
Fastueux Mausolée où le superbe orgueil,
Du plus saint des Bourbons a creusé le cercueil :
Plus loin de ces vallons pour arroser la Plaine,
Je vois en serpentant disparaître la Seine ;
Mais quels nouveaux objets s'offrent de toutes parts ?
Qui fait ainsi courir Paris aux Boulevarts ?
De femmes & d'enfans quelle affreuse cohue
Je vois en se heurtant déboucher de la rue !
Grands Dieux ! Que d'embarras ! Que de Cabriolets !

A ij

Que d'Abbés ; de Coureurs ; de Robins ; de Valets !
Etourdi par les cris , le bruit & les injures ,
Je traverſe au milieu de ſix rangs de voitures ,
Pour demander quel eſt ce Spectacle nouveau :
J'entends crier : *Entrez, c'eſt ici Ramponeau ,*
Monſeigneur ; Ramponeau : voyons : *entrez , mon*
     Prince ;
Me dit le harangueur : arrivant de Province
Je crus tout bonnement que quelque rareté ,
Excitant du Public la curioſité ,
Attiroit ce concours de filles déſœuvrées ,
De Ducs , de Freluquets & de Femmes titrées ;
Là : près d'une Intendante aſſiſe en rang d'oignons
Figuroit ſur un banc la Marmotte *Fanchon ;*
La Fille d'Opéra coudoyait la Ducheſſe ,
Et *Damis* ſéparait ſa femme & ſa maîtreſſe :
Mais on léve la toille , & *Ramponeau* paraît.
Un Manant ridicule eſt le plaiſant objet
Qui raſſemble Paris : honteux je me retire ,
Et laiſſe mes Badeaux qui ſe pâmaient de rire.
  Du plus beau lieu du monde , aimables Citoyens ,
Vous verra-t-on toujours occupés de *Pantins ;*
Déſerter les *Français* * pour courir les Parades ?
Quel plaiſir trouvez-vous à ces turlupinades ,
A ces fades diſcours , à ces ſales propos ,
Que débite un *Paſquin* monté ſur deux traiteaux ?
De *Vadé* voulez-vous enrichiſſant la plume ,

* La Comédie Françoiſe.

Des proverbes de Halle augmentet le volume ?
Que *Lise* chaque soir , au sortir de son lit ,
Vienne sur les Remparts en cornette de nuit ,
A l'abri de deux stors dérobant sa figure ,
Promener tristement son antique voiture ?
Lise a raison; son tein soutient mal le grand jour :
Mais B ***, M **, mais d'E **, dont l'amour
Arrondit l'embonpoint , & calqua la figure ,
Sur le moule piquant des Grâces d'Epicure ;
Sont faites pour orner ce superbe jardin ,
Qu'au siécle des Beaux-Arts un compas à la main ,
Le Nautre dessina pour décorer le Louvre.
Telle dans ces jardins d'où l'œil au loin découvre ,
On voit dans le Printemps la Vénus de nos jours ,
Sous un berceau de myrthe assembler les Amours ,
Pour surprendre Zéphire au lever de l'aurore ,
Sur le sein d'une fleur , qu'il vient de faire éclore :
Les Grâces & les Ris accompagnent ses pas ;
La fraîcheur du matin ajoute à ses appas ;
Le Nature sourit en la voyant si belle ,
Et Zéphire la prend pour une fleur nouvelle ;
Mais où court mon esprit ? de ces Remparts poudreux
Me voici transporté dans le Palais des Dieux ;
De peur de m'égarer , regagnons notre Sphère ;
D'*Icare* redoutons le projet téméraire.
Quiconque de trop près approche du Soleil ,
Sans pouvoir l'éviter , doit craindre un sort pareil.

Dans un char élégant mollement étendue,
Quelle Divinité se présente à ma vue !
Un vernis répandu sur des paneaux dorés,
D'un crystal transparent, avec art séparés,
Défend de vingt Magots la grotesque figure ;
Deux rapides coursiers enlèvent la voiture,
Et la Déesse approche : ô temps ! ô siécle ! ô mœurs !
Quoi ! tu parais encore après tant de noirceurs ?
Quand Paris qui te hait, sans rappeller tes crimes,
En nommant tes amans peut compter tes victimes ?
Oses-tu te montrer, méprisable A * *,
Bâtarde d'un hautbois, épouse d'un bandi,
D'un imbécile amant, trop insolente idole,
D'E... * * te doit la mort, Licidas la V....
F * * son déshonneur, l'Univers du mépris :
Mais quelle autre Beauté ? quelle est cette Laïs ?
A sa main jadis rude, aujourd'hui satinée,
Pour de bonnes raisons si souvent savonnée :
A son air, à son geste, à ce regard mutin,
A ce joli souris, à cet air libertin,
Sous un nom emprunté je reconnais *Victoire*,
Eléve d'un Couvent d'une illustre mémoire,
Des bras de la *Paris* un Abbé l'enleva ;
Au faîte des grandeurs un **Comte** l'éleva ;
De Varenne parée en pompeux équipage,
Du luxe de nos jours fut la brillante image :
De même que l'insecte une fois papillon,
Ne jouit qu'un instant de sa belle saison,

En un jour élevée , en un moment déchue ;
On la verra bientôt barboter dans la rue.

Mais l'heure approche où fur un Théâtre bouffon,
Confident d'un héros & vainqueur d'un griffon,
Au mépris de Cothurne Arlequin doit paraître ;
C'eft là qu'on voit *Favart* , maîtreffe de fon maître.
Pour s'en faire époufer contredire un vieillard ;
Où déguifant fa voix fous l'habit favoyard,
Tête-à-tête au Caffé le foir à la fourdine ,
Vis-à-vis fon mari furprendre *Coraline*.
On y voit *Catinon* par l'attrait des plaifirs ,
D'un trop volage époux réveiller les defirs ,
Pour regagner fon cœur , n'employant que fes char-
            mes ,
A *Saint Far* enchanté faire rendre les armes.
Aimable *Catinon* , dont l'art fi féduifant
De plaire & de charmer eft le moindre talent ,
Du Public connaiffeur tu ravis le fuffrage ,
Moi je prétends te rendre un plus fenfible hommage,
Il eft digne de toi , puifqu'il t'eft préfenté ;
Ton cœur en eft l'objet , le mien me l'a dicté.
Quoi ! déjà tout finit , & la vive *Camille*
Pour le féjour des Dieux abandonnant la Ville ,
Des trois Graces fuivie , & fon fils dans les bras .
Va priver les Mortels de fes riants appas :
Vénus toutefois prête à quitter fa toilette ,
Adreffa ce difcours à plus d'une Coquette.

    La Comédie Italienne.

A iiij

Il n'eſt qu'un ſeul moyen de parer la Beauté,
C'eſt l'Amour : ce miroir ſans ceſſe conſulté,
Ne vous y trompez pas , apprend mal l'art de plaire,
Le cœur conſeille mieux dans l'amoureux myſtère ;
Belles qui m'écoutez , quand vous ſçaurez aimer ,
Mon fils vous montrera comme ou peut enflammer.

Le ſoir chez mes amis devenu Paraſite ,
J'entendrais *Darnoncourt* pénitent Sybarite ,
Regrettant les erreurs de ſa belle ſaiſon ,
Peindre l'art de jouir en prêchant la Raiſon ;
Et nouveau Sectateur des Loix de la Nature ,
Prétendre en fait d'amour , quoiqu'en diſe *Epicure ;*
Que l'inſtant qu'on oppoſe aux plus preſſans deſirs ,
Mûrit la jouiſſance , & triple les plaiſirs.
J'irai ſortant de table applaudir au Théâtre ,
A ces jeux défendus que *Grandmont* idolâtre ,
Juger à ſon début l'Ouvrage d'un Auteur
Qui ſouvent attend tout du talent de l'Acteur,
J'y verrais *Dumeſnil* , ou plutôt Melpomène ,
Attirant tout Paris ſur la tragique Scène ,
D'une Amante offenſée imitant les fureurs ,
De ſa haine étonner , ou remplir tous les cœurs ;
Quelquefois immolant d'innocentes victimes ,
De Médée à nos yeux retracer tous les crimes.
Souvent aux pieds d'un Monſtre altéré de ſon ſang ,
D'Egyſte reconnu careſſer le Tyran.
Je reverrais *Clairon* maîtreſſe de la Scène
En longs habits de deuil ſous les traits de Chimène
* La Comédie Françaiſe.

Contre un cher ennemi, tendre objet de ſes pleurs ;
Craindre de décider par ſes vives douleurs
La Juſtice d'un Roi qui l'aime, & qui balance,
Ou *Camile* en fureur reſpirant la vengeance,
Contre les jours d'un frere en ſes criminels vœux
Soulever la Nature, & l'Enfer, & les Cieux ;
D'un laurier tout ſanglant lui reprocher la gloire,
Et le forcer enfin à ſouiller ſa victoire.

 Succeſſeur de *Dufreſne* ; héritier ſéduiſant
De ſon rare talent ; toi qui repréſentant
Les vertus des héros, leurs crimes, leur foibleſſe,
Au jeu le plus brillant joins l'âme & la nobleſſe,
Le Kain, que tu me plais, quand maître de mes ſens
Tu me fais éprouver tout ce que tu reſſens !
Soit que fils vertueux d'une coupable mere,
Servant d'un Dieu vengeur l'implacable colere,
Tu ſortes tout ſanglant du tombeau de Ninus ;
Soit que fils criminel du ſtoïque Brutus,
Tu pleures dans les bras d'un Romain trop ſévere :
Mais quand voyant briller entre les mains d'un pere,
Sur le ſein d'Hypermneſtre un poignard ſuſpendu,
Tu peins le déſeſpoir d'un amant éperdu,
Tous les cœurs partageant ta douleur & ta rage,
Volent pour déſarmer le tyran qui t'outrage.

 Mais tout change ; & je vois trompant leurs ſur-
  veillans,
A l'aide d'un Valet, intriguer deux amans ;
Sous le maſque des Ris, la fine *Dangeville*,

Jouer d'après nature, & la Cour & la Ville ;
Tantôt d'un jeune objet fervant la paffion,
Ecarter un témoin qui n'eft point de faifon ;
L'inftant d'après, Coquette ou Bourgeoife à la mode,
D'un mari tout uni faire un époux commode ;
Ou lorgnant un Galant, retirée à l'écart,
Pour lui rendre un poulet, minauder avec art ;
Soubrette inimitable, adroite, gaie, unie,
Pour la peindre en trois mots, rivale de Thalie,
Cette immortelle Actrice eft feule fans défauts ;
Dumefnil a fes jours, & *Grandval* des égaux ;
Là, j'apperçois *Gauffin*, cette charmante Actrice
Déguifée en Agnès, d'un air fimple & novice,
Exprimer fes defirs par fa tendre langueur,
Et peindre dans fes yeux les miracles du cœur ;
Retrouver dans l'Oracle une mine enfantine,
Ou du Comte d'Orban triompher dans Nanine.

Préville, Acteur charmant, admirable Crifpin
Que tu me divertis ! quand d'un Abbé Poupin,
Empruntant l'air, le ton, le gefte & la figure,
Tu viens en manteau court prendre place au Mercure.

Et toi, qui dans ton jeu, des plus vives couleurs,
Nuance, en t'amufant, le tableau de nos mœurs.
Que tu peins bien un Fat ! puifque tel que tu joue,
Lui-même en s'admirant t'applaudit & te loue.
Quelquefois Mifantrope, ou Raifonneur fâcheux ;
Aujourd'hui Philofophe, & demain Glorieux ;
Mais furtout affectant une froideur extrême,

Quand surpris par l'Amour, & guidé par lui-même,
Tu fais avec tant d'art, triompher *Marivaux*.
Grandval, je me dédis ; tu n'as point de rivaux.

Le lendemain, je vole à ce Palais Magique, *
Qu'anime encor *Lulli* de sa tendre Musique,
Un sceptre de crystal en ses débiles mains,
L'Amour dans ces beaux lieux gouverne les humains;
Respirant sous ces loix, on y voit cent Prêtresses
Annoncer ces faveurs, & vanter leurs faiblesses.
Là, *le Miere* en chantant montre l'art de charmer.
Larrivé dans ses sons apprend celui d'aimer :
Que vois-je ? La *Lany* de son exacte danse
Par ses pas mesurés annonce la cadence :
Que d'aisance ! que d'art ! que d'accord ! d'union !
Quelle légéreté ! quelle précision !
Oui, dans ces temps féconds que tout Paris nous
        vante,
Camargo fut moins vive, & *Salé* moins brillante ;
Ne penses pas, *Lany*, que dans les plus beaux jours,
Ton air trop férieux éloigne les amours ;
Vénus ne voulant point rester seule à Cythère,
En te cédant les sœurs, s'est réservé le frère ;
Je connais la coquette ; elle aura craint tes jeux ;
Mais, crois-moi, cet enfant le plus malin des Dieux,
Avec certain fripon, qu'on nomme le mystère,
Pour t'aller retrouver, sçaura tromper sa mère.

Mais quel nuage affreux vient obscurcir le jour ?

* L'Opéra.

Tout annonce l'horreur, je ne vois plus l'amour;
C'eſt Armide qui vient d'eſprits environnée,
Un poignard à la main, de ſerpens couronnée.
Elle cherche Renaut : la rage eſt dans ſon cœur,
Ce Renaut, qui bientôt doit être ſon vainqueur,
Eſt l'objet déteſté que pourſuit ſa vengeance :
La cruelle avec joie eſſayant ſa puiſſance,
D'un coup de ſa baguette éléve, anéantit;
L'Enfer, les Élémens, & le Jour & la Nuit
A ſes ordres ſoumis reſpirent ſa tendreſſe,
Ou ſervent en courroux ſa fureur vengereſſe.
Le Palais du Deſtin environné d'éclairs,
Sur les aîles du temps ſoutenu dans les airs,
Deſcend du haut des Cieux : l'avenir y préſide;
C'eſt lui que ſur ſon ſort vient conſulter Armide.
En vain tu hais Renaut, lui dit-il..., *pour toujours*
De lui ſeul dépendra le bonheur de ſes jours ;
D'un Dieu charmant telle eſt la volonté ſuprême,
J'ai prononcé l'Oracle, il l'a dicté lui-même.
Aux ordres du Deſtin, eſprits, obéiſſez.
Démons, rentrez ſous terre, affreux cahos, ceſſez,
Armide a vû Renaut; Renaut n'eſt plus coupable :
(Peut-on encor haïr ce qui paroît aimable ?)
Tout change en un inſtant; la nuit fait place au
      jour ;
Mortels, reconnaiſſez le pouvoir de l'Amour :
Le Palais s'envolant diſparaît dans la nue,
Un Parterre auſſitôt le remplace à ma vue ;

Du grand *Servandoni* magique illusion ;
Effet de sa brillante imagination :
Tout n'est qu'enchantement ; sous l'habit de Colette
Arnoud subjugue Mars : le son de la trompette
Rappelle en vain ce Dieu dans les champs de l'hon-
    neur ;
Plus content, plus heureux de posséder son cœur,
Qu'il n'était autrefois jaloux de la victoire,
Pour la suivre il renonce aux hasards, à la gloire ;
Et livrant sans danger, de plus tendres combats,
Il met tout son bonheur à mourir dans ses bras.
L'amour excuse tout, dans le siécle où nous sommes,
Le Plaisir est le Dieu, qu'encensent tous les hommes;
Nous vivons pour jouir ; il suffit d'être heureux,
On est justifié dès qu'on est amoureux.
    Ainsi dans ces jardins embellis pour te plaire ;
Qu'on prendrait pour Paphos, Amathonte, ou Cy-
    thère ;
Coupé, quand un regard lancé de tes beaux yeux,
A donné le signal d'un combat amoureux ;
Sous ces ombrages frais, asyles du mystère,
Sur un lit de gazon qui touche à la fougère,
Tu suis un Prince aimable, & les jeux, & les ris,
Tandis que chaque mois, pour cinq fois dix louis,
D'un paillard impuissant, Poupone avec adresse.
Electrise les sens flétris par la vieillesse :
Ou que par passe-tems, ruinant un Fermier,
La Deschamps met Crésus sur son ancien fumier.

Mais j'entens de doux fons ; & la *Veftris* arrive ,
On dirait qu'elle veut , par fa marche lafcive ;
Du libertin *Boucher* , échauffant le cerveau ,
A peindre Meffaline , exciter fon pinceau :
O toi qui fans danfer , te pâmant en mefure ,
Fais paffer dans nos cœurs un rayon de luxure ;
Quand te reverra-t on,pour ton bien,notre honneur,
Pour le repos du monde , & ton propre bonheur,
En pet-en-l'air de gaze , au retour du Théâtre ,
Prodiguant tes tréfors de corail & d'albâtre ;
De ces fiers ennemis contre nos jours armés.
Vengeant fur ton fopha les Français opprimés,
Plus que tous nos vaiffeaux nuifible à l'Angleterre ,
Dans le fein de la Paix leur déclarer la guerre :
    C'eft ainfi qu'à Paris au milieu des Plaifirs ,
Vivant fans embarras , fans projets , fans defirs ;
Du tableau du Moment variant la journée ,
J'attendrais déformais la fin de chaque année.

F I N.